间合

诗画

杨杰 著

贵州大学出版社
Guizhou University Press

图书在版编目（CIP）数据

同合．诗画 / 杨杰著． -- 贵阳 ： 贵州大学出版社，
2022.12

ISBN 978-7-5691-0683-1

Ⅰ．①同… Ⅱ．①杨… Ⅲ．①诗集－中国－当代
Ⅳ．① I227

中国版本图书馆 CIP 数据核字（2022）第 235452 号

同合·诗画
TONOGHE · SHIHUA

杨　杰 / 著

出 版 人：闵　军
责任编辑：赵广示　江　琼
责任校对：杨臻圆
装帧设计：沈钱利

出版发行：贵州大学出版社有限责任公司
　　　　　地址：贵阳市花溪区贵州大学北校区出版大楼
　　　　　邮编：550025　电话：0851-88291180
印　　刷：贵阳精彩数字印刷有限公司
开　　本：710 毫米 ×1000 毫米　1/16
印　　张：14
字　　数：193 千字
版　　次：2022 年 12 月第 1 版
印　　次：2023 年 3 月第 1 次印刷
书　　号：ISBN 978-7-5691-0683-1
定　　价：120.00 元（全两册）

同合村写意（代序）

李发模

1
在同合，同心同德大同大合
一村山水与人，志同道合

叫声"同志"，高路与平湖回应"哎"
诗画之墙与村委院落
似天作之合

2
在同合，我发现人的身心展翅
山水林田也在飞
时光在此合约一方水土与人文
山与山在重叠"出"路，路与路各领山脉
在分配：苗寨、布依寨……乡俗、民生
日出在高处领取远望
哦！地球是这样飞起来的

地球体重60万亿亿吨，是如何飘在空中
而不向下坠落？咦哟
登高巍峨之上，爱也绵延
古朴与辽远，莽莽苍苍

3
高速路之上，还有路，是属于天的

天上有观景台，供上苍凭栏观望人间

驻村诗人小语告诉我——
天时是锅，地利是碗，人和一杯酒
穷则思变，山水骨肉也有村民
灵性勤俭的香味

4

上山的联户路上，人迹牛蹄共车轮盘山
云也似他这村书记廉洁，奉公长出樱桃红
每尝一颗，都是品古老的山色
登山的游客似天上的星星……
山路率领的众山，都有鼎新的属性
仔细听，树上还挂有鸟声
句句乡音

5

俯瞰山湾碧湖，碧云天，林竹绿
山弯水绕亭红鱼肥
断差打翻朝霞盆，亿年白岩旁
花开百姓日子，明媚

登高
站观景台上迎远山近岭扑眼
高于天蓝的民意，原来
就在身旁

加入云梦，靠近天蓝
哦！山的生存也是有指标的
在成长一方百姓

（原载于《诗刊》2022 年第 13 期）

目　录

隐

太阳也是绘画师
泼一抹轻淡
让黄家湾的巨蟾临摹水韵
惟妙惟肖

隐是大智慧，隐下去的那支画笔
知天下无残局
如你我，只需手心相印

（原载于《人民文学》2022 年第 12 期）

种玉米

我每天做着把石头赶上天空的事
玉米高粱薏仁稻穗也赶上天空

我试着在腾空的土地上平整一个晒场
将所有春天有棱有角地整饬
让鸟儿盯着丰稔
与丰收跃跃欲试

最后是我先跃跃欲试
我把山村的每一个细胞
灵动成一群鹭鸶
白白净净地飞出曲线

在山里看见的熟透的玉米翻着跟斗
一招一式也如此新鲜
如天空的湛蓝
在老奶奶手上穿梭
染色岁月金灿灿

（原载于《人民文学》2022 年第 12 期）

爆米花

谁家鞭炮点燃年味
响了整宿的各式各样烟花爆竹
我的山村兴奋不已

山说，到了这个季节就自然适应了
反而是静悄悄的样子不习惯

山沉默久了
空屋与村落听见炮响可以判断
外出务工乡亲们回来了
村里那车水马龙
是我的考官

在老乡家分享的童年记忆很富
不知不觉苗家阿妈蹭着太阳的温度
翻出三套新衣，阿妈说
一套记录她的出现和童年
一套浓郁她的出嫁
还有一套记录着她的盛装出席

老支书说，家中有亲人来算是节日
瞬间，满屋尽是爆米花

（原载于《诗刊》2022年第3期）

村里熟透的柿子能养活一个冬天的鸟儿

柿子的肩上还留有深秋的余音
从城市的马蹄到乡村沟壑

也许是因为这些翻飞的鸟儿
被夏天注射了温暖的歌喉
翅膀从未停息
攀爬高山、河流、童年的故事一直演绎

是的，城市很平
那是楼的自由与公平正义
在寻找独我之无限遐想

山里的山是上帝赐予的
以一种逆来顺受的方式朝着太阳，也算是自由
或以月亮的方式成长
成长成绿与翠绿间的生命

人类画笔最不会放过柿子树入冬时的体温
提前有了涩麻口感
如一本放不下的味蕾手迹
尤其在晚秋之后
眼神里总感觉熟透的柿子会坠落
可老村长告诉我
那些熟透的红能养活一个冬天孤寂的鸟儿

（原载于《诗刊》2022 年第 3 期）

我搭上开往广州的专车

脸冻得通红的时候
帽子温暖像大地母亲的奶兜
捂得我的脸庞噜噜红红

同合村的枫香和青冈树都把自己脱得彻底
枝丫上挂着的鸟窝泾渭分明
蜂巢黑得吓人
只是猫冬的马蜂选择了静养
给了人类肆无忌惮穿行的路

村里的一张告示尤其温暖
如立春后的同合村分外光滑
雪与凝冻是黏合剂
大山的色温常常被铺得柔美
早起的鸡鸣犬吠从不偷懒
森林民宿里虎啸依然

静谧的驻村日子
诸多时候以人勤春早之视角
在马蜂醒来前
乱舞一阵，或浓墨重彩

我想过要画一幅春天的画
就画眼前这列开往广州的专车
它免费地以点对点的方式载着我的乡亲和乡村
从山里的山冈出发
在春运时准时返回大海边的岗哨

（原载于《广州文艺》2022 年第 7 期）

又见炊烟

所有的爱恨装入眼眶才有青丝豪迈
如老屋后山上青冈林卷着叶子
是我想象的炊烟自在

青筋脉骨是青冈树刚直的一脉相承
很久一语不发
出口即一语中的
也一语双关

人生漫漫，坚硬无比之溯源
与轻柔如烟的人间烟火气
最是疾苦全知的联袂

路，在这刚刚入冬就有浓雾紧锁的大山里
音乐停了打击乐停了
配乐之重音拉开窗棂也快要停下
熄火一样地停
唯有黑黢黢的路还在
与解放鞋和沥青摩擦的声响从未停止

（原载于《广州文艺》2022 年第 7 期）

山里的兰花待开

雨好暴，剥开我的蜡梅
又一下子太阳好大
晒湿我的兰花
我从山里搬回的普通兰花还没来得及开

我期待它开得雅致
无比雅致
像苗家阿妹灵巧的针线活儿
在乡村振兴的征途中复活

（原载于《广州文艺》2022 年第 7 期）

别否定眼前这些假花曾有过的芬芳

在香水罅隙里化了很久的妆
从精明者眼角的余光跃出
喜剧，悲剧或唏嘘皆人类而为之

海绵如给自己贴上的层层金光
提醒过，别轻易否定眼前这些假花曾经有过的芬芳

我也是特别特别讨厌这些假花
那是有人缝补季节秃顶时用过的药
速效救心丸一样的药性

花为什么假得真
是被人赞美多了的结果
是另一类天空无能为力地讥讽的隐私

看着假花落魄
就是反省回归之日
尽管曾经的一时鲜嫩欲滴
但，假的真不了

换一种赞誉吧，人类
再肥沃的土地即使长出了杂草
泥土与露水与秋霜
也可薅见菜味与真实的生命
一点儿也不假

（原载于《广州文艺》2022 年第 7 期）

稻香鱼

我不知道你游过来有多远
一条鱼或一汪湖的距离
距离从秧禾与稔熟丈量开始

想一种味蕾略略远一点儿不是坏事
如下组入户时闻到炊烟油香
袅袅油锅飘出酥脆酥脆之乡愁

乡愁是我买二十块钱的稻香小鱼
与酸酸甜甜小金橘相遇
约晚茶

晚茶的桥头与晚茶的汤锅
与晚霞的烈焰一样心知肚明
尤其是晚秋的肉质
哪一块肥而不腻
哪一部位最是妩媚动人
或温顺如这能说会道的稻田鱼儿

（原载于《广州文艺》2022 年第 7 期）

诗画同合

黄家湾是一汪软软的湖

如此蓝湛之湖是高原的性子
你的湖一直美过春夏
你的湖把秋天揽进怀里
你的湖安静如深闺的自己

在黄家湾遇见如此软软的水波
我反馈给了太阳
太阳欣慰，艰辛喂养的所有生物
舒畅地躺于湖心聆听呼吸

多情的湖是我抓紧你指尖的位置
我们浪遏飞舟，我们浪迹天涯
我们把一湖的梦魇牢牢控住

只有在梦里才多梦初识
正是人面之湖如一首抒情散文诗
紧紧的手握住文字高原
情窦颤抖，脉络与红晕慢慢上岸

（原载于《广州文艺》2022 年第 7 期）

一只鸟儿的初冬写意

听说这种鸟凶悍
能叫出各种各样的声音
有奔放的，哀愁的，学小孩夜哭的

若有所思的鸟儿期盼一支烟点燃村子
以村里的观景台映照
洞见刚刚好梳妆完毕的晨曦

两鬓如霜是青冈树之杰作
青冈子卷起初冬的鸟鸣
袅袅娜娜

大山里的云特别厚
这只动真情的鸟扯住太阳
撩动晚开的月亮
让黄家湾的暖流暖阳汩汩流浪

多虑了，我担心这只个性的孤寂的鸟儿
学鹦鹉，也鹦鹉学舌

（原载于《广州文艺》2022 年第 7 期）

修黄家湾观景台记

　　天下大同，合聚为美。

　　世间云齐，最翠于紫。

　　紫云苗族布依族自治县板当镇同合村黄家湾枢纽工程于2016年6月30日破土开山，历时48月余建成水库，蓄水1.5亿立方，滋13.8万乡邻之饮，解3万牲畜之渴，润方圆百里8乡镇之农溉。

　　辛丑春夏（2021），值党中央"乡村振兴"号角劲吹，水库蓄水大功告成，百姓欢呼、民心传诵。乡贤罗杰心系故土，修成观景台送百姓。乡亲合力，顶百日酷暑而不伤一草木，妙哉！

　　今朝登高，观日出看晚霞，吐晨雾拂寒梅，夜读银河喊星辰，正午远眺，大坝横卧，巨蟾临湾，金鳄潜水，鸟鸣鹭飞，群山澄碧，一时一景，变幻莫测。

　　初秋，常遇晨曦拨动雄山，一丝光亮美如画笔，借湖中岛屿之灵秀绘成党徽，棱角、色彩、镰刀锤头惟妙惟肖，正气浩然，得大文化学者顾久先生赐联"水绘世间民意，霞澄天下奇观"。

　　是为记。

背　面

梦想在山里常常落于纸和嘴上
如我追逐秋景奔跑的娴熟
更像烟者错装他人火机
自己不知，烟者却一目了然

风景醉秋的湾外，或
湾对面，背后
有新发现之景致微微蘸红我的黄家湾

太宽的高原与太宽的湖面
自己看不见自己的背面
是络绎不绝的垂钓翁
知这里水之清澈与生硬，有活有苏

山里的秋总是内心拒绝冬日
哪怕浓雾之后有一丁点儿阳光
山也骄傲，山说
闲暇偶要赞誉一下自己的背
背面之水如月光洒金
月光下，轻轻取下纸做的面具
慢悠雅闲地欣赏一下周末的自己

（原载于《广州文艺》2022 年第 7 期）

初春的乡村写实

山里的孩子开学了
外出务工的乡亲们走了
寨子里的狗，眼熟我
也不叫了

村里的春早格外空灵
剩下浓稠厚雾与清清脆脆的鸟鸣
还有阳光暖暖
月光软软与喜鹊翻飞

油菜花人勤春早
叽叽喳喳，等
在广州湾的大海边种荔枝的亲人
传消息
丰年，平安吉祥

（原载于《广州文艺》2022 年第 7 期）

出　征

有点像儿子写的情书
夸一个人，一个劲儿说
"我要怎么怎么地爱"
也有点像自己在腹稿回忆录
以炽热的文学自觉
反复交代场景和情节
"当时是如何如何地"

出征时我更希望安静
静如自己的耳朵

是的，我已很久没关心自己的听力了
是不是耳朵也会次第朽腐

我总是担心太多的流连忘返顺风而过
我尽量避开充耳不闻
我给自己鼓劲，人生既然出征
就憧憬依然

沿途最美的初夏的葳蕤的风景说
你们是"急先锋"，风雨无阻
风驰电掣地奔腾吧

我却紧握手里的茶杯
我平静一下，我克制一下
我清理梳理两年时间将要发生的什么
我，整整衣衫
我空了空手心和手心里的笔记本

（原载于《解放军文艺》2022 年第 5 期）

老缝纫机

这些缝纫机挤着惊喜
从世界各地走进一个私密博物馆时
可能没想过，其最终的栖居地
是高原之高的一个小小村庄

眼前的缝纫机都有漂洋过海之经历
我却始终认为，海
就是我家乡的黄家湾
以静之又静的模式缝补和慰藉天空

我还想，别国的天空也需要缝补吗
的确，如果天下中庸
人人心中收藏的缝纫机
究竟能缝补多少断裂的时空
或贪嗔痴慢
是个未知

（原载于《诗歌月刊》2023 年第 3 期）

迷 惘

一张孤寂的叶子正在苍老
似乎，越洁白的背景让其越显得臃肿
是不是它年轻的时候太一根筋
飞扬跋扈地自我地
疯狂膨胀

也许那枯骨
以为埋着头生长会成为一棵参天大树
或攀附着大树的攀附
就一定一定有多么美好的结局

可世间总是如此扑朔迷离
有时顺应了
有时却不断地被诟病
迷茫的远方啊，春雨可能在预谋芒种
还有一种可能
是提醒我未雨绸缪

（原载于《诗歌月刊》2021 年第 9 期）

憧 憬

蛙声如此坚挺
我的夜漏无法撮起全部的萤火
总有远去的声线边走边转身疑虑

山村的白描
总是灯光少于星光
总是风光少于月光
哪怕就一盏无眠的夜灯闪烁
却无法抵消我以梦为马的憧憬

初夏在山的低凹处兴奋不已
悟道人生，放下时
鱼儿，鱼头，鱼竿，鱼塘
是一部堆放蛙鸣的闲暇胜地

正如人心，最浓郁的诱饵非食色
而是一轮弯刀之月
如村外那疾驰的车灯
朝站直的夜晚射来
幸好有杏叶葳蕤，幸好有杏树庞枝
刚刚好剪纸你我弯曲的身影
滴注苍生，你我的初夏像一幅画的躬身入局
正解同合时光的软

山村的蛙鸣无定式
像儿子就要中考的逆反期
扯住夜神经烟熏火燎
烧烤月光

（原载于《诗歌月刊》2021 年第 9 期）

面对撂荒的土地

剪指甲时大爷很在意
总担心岁月积蓄的锋利再也掐不断土烟

我不只一次举起我的手指和指甲
我担心我的指甲会腐坏
我还担心长长的指甲失去燃烧的血性
我继续担心我自己对眼前的一切司空见惯
充耳不闻

面对撂荒的土地是一种深入实地的思考
山村里，大爷呷一口土烟就是往事
有的从泥土里葳蕤
有的从屋檐里滴答滴答
我试着用指甲爬行或蠕动

山村总是早起
炊烟，鸡鸣，飞鸟，春雨
与蹲在门口的老大爷
看着撂荒的土地
或许，在外务工孩子的电话号码会敲响山门

面对撂荒的土地
茅草，此时，我在，我木讷
我对着自己的丑像目瞪口呆

（原载于《诗歌月刊》2021 年第 9 期）

青花椒

那天的太阳刚刚卸妆
那天，我的提包里有一股青花椒的味道
呛涩扑鼻
如绵绵细雨
赶路，地铁，河畔，一切照旧
包括我怀想的那个人

窗外是篮球场
拍地，摩擦，与篮板击掌的人，年纪轻轻
我隔窗等着
脱手的篮球如麻辣辣的夏天
总感觉随时会打中自己的脸颊

（原载于《诗歌月刊》2021 年第 9 期）

锄

那个比他脸还大的铜嘴巴
说了什么，大人也许并不懂
风吹的时候
最低处是绿绿菜芽
和春天一样悄无声息

田埂上爬满草茎
芜野的往事在锄头上停顿
我的梦，诸多人的梦
或多或少是因为与这把锄头的关系
田埂上，顽童追逐着小鸟跑过
懵懵懂懂搭上这误闯误撞的春天
练翅膀，练硬翅膀

此时的折耳根如此锋利
剪断田埂，让嫩芽与红彤彤冲出
我手上锄头跟着野菜复垦
复垦心上的故林旧渊

（原载于《诗歌月刊》2021 年第 9 期）

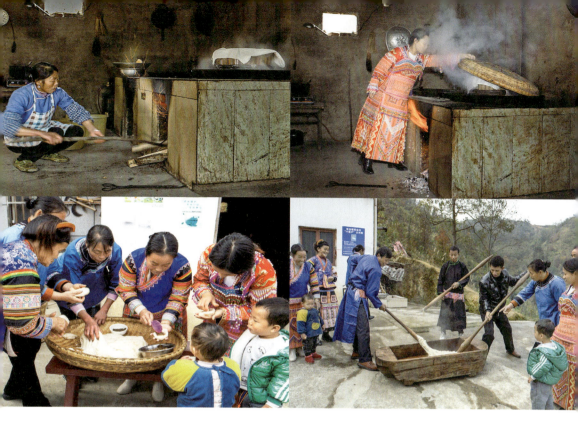

蛙鸣有骨

你想听见的所有蛙鸣都可集结孤寂
芒种之后蛙喉如苍穹
你所有的想象与高原皆可解读
旷野，虫草或蛇身

我们每行一步都是蛇身腹地
真的，自从一个人到此
星星好像渐行渐远，躲着我的文字
反而是那些骨架成了天体
像村落的狗在鸣笛

有些事情真就是这样
做伴的窗棂说
蛙声总想感动别人
但到最后才发现只是感动了自己

是啊，谁在这里布了那么多暗道
让最脆弱的星星去了远处
让萤火虫滑过暗道去了远方
我在暗洞里高喊着柏拉图

而那个白天离我很近的别院
也与我的草帽和倒影和梦幻和理想
囫囵吞枣
或正在被夜吞噬
所以，我得做好口诛笔伐的准备
对着自己

（原载于《诗歌月刊》2021年第9期）

乡村的夜也许很短

鸟鸣当然是力所能及
也当然无所畏惧

鸟儿在外婆家的小青瓦上翻飞着
我的童年。坡面屋、穿斗枋也在
奶奶家的转角楼、雕花窗三合院
清点我的记忆

同合的清晨像我老家的老屋
最是接地气的白色粉墙
有鸡鸣与犬吠
有留白，有马蹄声响

远在他乡时我嫁接了家乡的清晨
我听见祖先的叮咛
山村说，哪怕寂寞得像一只灯的风景
早起的鸟儿依然执着挺进
绘出一条孑然囧途
也许美如风景，也许扑朔迷离

乡村的早晨醒得早
再长的夜，也就两年漫漫长夜
山冈与溪流都在坚持着用良知扶住自己
这里的夜，也许会很短

（原载于《海燕》2021 年第 10 期）

你的半山开满杜鹃

云的紫色注定空旷
如半山杜鹃花红如衣锦
我平整铺开的外衣钳住花瓣滴落

另一个故乡的村事
刚过三月，杜鹃就从后山丰满溢出
花下，我的手听话
跟着山的云顶的眼神慢慢融入

花期很是快
我和鸟鸣交谈了一小会儿
我就飞上了云间
我搬动风车
让夜空天旋地转

越转，我的村落就越是模糊
模糊中的村落在印刷考卷
等着阳雀与茶香点燃一炷秋色
批改我笔下素描的新乡
有多少花开，有多少菜味泥泞

（原载于《海燕》2021 年第 10 期）

说"农"

我闻到了泥土的芬芳
小草是你的雨伞，伞下有你的微笑
参天大树是你云卷云舒的脸庞
这一场春天，我刨地薅草
稼穑与稔熟的风物是墨迹滴灌

这是一堂我要恶补的课
我听得天空广阔
我要从节气开始手抄

是乎，"农"里没有墨子的芫旷
却满是《论语》墨香
有因有儒有果

如花生，瓜子，茶与茗香
在作业本上翻滚
蔚蓝蔚蓝的天空啊
在我入秋的秃顶的发梢
给我出了一道道题
等我作业

（原载于《海燕》2021 年第 10 期）

想起白天的烈日

一定是被晒脱了皮
每一个细胞都感觉有星星入驻
似动非动地瘙痒

山村夜晚的碘伏和冷水都能燃烧
我抹上去一丁点
满是撕裂的蛙鸣和暴脾气的蚊虫

我的头发没能挡住太阳之毒
有点像懵懵懂懂的人生
给自己编织了另一个自己

山村的黎明早早醒来
我看见自己烤红的臂，整个晚上
都在想：打个电话告诉月亮吧

（原载于《海燕》2021年第10期）

另一面

如果不是因为有一丝光亮
折射棱角大义
此腰身，再腰细的桥
最后会成为一把利斧之刃

城市那浩瀚的星辰佐证
人会老，我只用诗陪你年少
轻轻扶住你的脚步
在季秋的午夜，小小雨滴

醒来的夜晚如人生侧身
草木也听秋雨淋漓

（原载于《莽原》2021 年第 5 期）

听见实实的深秋

那些远远风景在别人眼里
有各种各样的解读
最柔软的部分恰如一个小小亭子
或一片杏叶之谦卑
父亲母亲和我，都在慢慢变成风景

此时有风，吹一下这片叶子吧
夕阳知秋，更紧紧扭住枯萎的躯干
也稳稳看一眼树下那寸泥土

秋越深了，秋天的话就越多
最美是悄悄话
悄悄话，好多的秘密

说吧，我绝不会让杏叶听懂之后
嘲讽你脸上那块生养我的老土

（原载于《莽原》2021 年第 5 期）

高原如秋

窗外，有灯盏代我
一杯又一杯地煮着月光
等水枯月满的夜晚
等你的影子回来
薄薄的，如蝉鸣补秋

你我年纪轻轻
如一弯杏叶的视角
我们都知道自己黄了
却因曾经美过骨髓
像高原那秋日
不服输，永不服输

（原载于《莽原》2021 年第 5 期）

放牛娃

过完中秋的城市
杏叶开始黄了
老家却继续嫩嫩地绿
田埂嫩绿，荞花嫩绿
野禾也嫩绿着陪我放牛

老黄牛妈妈也喜欢嫩绿的小花
那嫩绿的野棉花在风摆
那嫩嫩的草，有雨露的毛茸茸的草
小牛仔也是喜欢

小牛仔喜欢我这样放牧它
给一片芜野，随它

（原载于《莽原》2021 年第 5 期）

大鞋，路与其他

大鞋可以用风填满的
温暖进去了，就在最深处丈量自己
看看"我"有多渺小

人生别光看那只脚
脚孑然一身，美的是路
路如麻线布丁

既然"书同文，车同轨"
麻线的走势就是一枚钤印
岁月雕琢的痕迹有之
脚底板擦过的痛痒有之
风骨有之

大鞋轻描淡写
就算穿上如此夸张的鞋也别没方向
嬴政的字典里早已整饬方圆

（原载于《莽原》2021 年第 5 期）

角　色

掐住风儿的脚底
利剑出鞘
削过的沙泥聚沙成塔

还有那些被伤过的露珠
我相信是柏拉图说过的向往
也是苏格拉底奉承的"自知其无知"

角色不用质疑，我就是一"小"字
小角色是自己要思考的大学

大学建于心门之上
就如花儿开繁我的村落
雨一阵，风一程，戏说人生

自己的大学有言
人生要翻过自己的坎总是很难，但
"难""男"同音义

（原载于《诗潮》2021 年第 11 期）

这个月我值日抽水

小庆口组的水甜过晨露
一家抽一个月的秩序
没有推诿扯皮

这个月轮到我家抽水
这是个贴家门上的小小村规
我每天早起，就抚摸一下
那张纸的民约
然后听见乡邻的鸡鸣
在催我去抽水了

每天在振兴乡村的小寨行走
寨子里的水管慢慢变成我的血管
我知道如期抽水只是一个小小的责任
如课堂上我兴奋地举手，我是小学生

我今天值日，这个月我也值日
抽水时我矮矮的影子从秧田的小角落侧露
有点长高，越看越美
我自恋

（原载于《诗潮》2021 年第 11 期）

天下，能种出红心薯的地方都飘着紫色之云

种在云上的红薯才情横溢
如葳蕤苕叶繁衍乡愁时
捧出苗条月光身姿
躺我锄下，慢慢松开自己

云朵被苕叶顶得高高的
尽情舒展
瓜熟蒂落也继续生产苞浆
一汩一汩之白，在苏醒
涂绘最美章节的鲜活，姓"紫"

苕叶是红心薯之化茧
与云为伴，叶挤叶，云挤云
身上沾满如裙摆的泥
与深秋的谦逊，与暗香同在

紫云在上，我如秋分后的红心薯
被晨霜抚慰过光滑
揉淡粉底
给月光那痴情与绵软让路
让出的甘甜最是醇香浓郁
一呼一吸，生生相息

（原载于《特区文学·诗》2023 年 2 月上半月刊）

蜂糖李

蜂糖李成熟的六月让人遐想
肥肥之绿被婴儿肥裹紧

同合有蜂糖李种植者的思考
坡度与黄家湾宽度被整饬得欢喜
家乡的村庄再陡峭也甜如蜂蜜

蜂糖李喜听谷雨
蜂糖李用谷雨庋藏自己
其实，同合村的六月还未真正到来
蜂糖李就从百花中一路青涩
一路争艳

同合村千亩蜂糖李宅心仁厚
吸吮每一场春雨
以叶绿葳蕤收敛自己
留给人间的舒爽一个劲儿生长

再等等吧，"诗画同合"的具象
与蜂糖李一起熟透

（原载于《特区文学·诗》2023 年 2 月上半月刊）

我捡起"半亩方塘"养鱼喂马

我没有雨伞
我奔跑
朝着同合的方向

同合有鲜活的水，或水源
不需过滤
我捡起"半亩方塘"
就养鱼喂马

（原载于《特区文学·诗》2023 年 2 月上半月刊）

我的森林民宿可"修"可"悟"

秋蝉被喊薄
薄如晚霞之衣袂

爱称就叫"蝉"
太软
如那些欲言又止的呢喃在山里发酵
很快就要成为霞光
羞涩如凉凉微风扇动山峦

山里的霞光如远山的古琴，与你
被绘得淡紫
我的森林民宿里有烟火气
最是可"修"可"悟"

如紫色风物万物有灵动
我躲进晚霞之下听见的蝉鸣特别清脆
让游侠的风儿
在瞬息万变中回归

（原载于《特区文学·诗》2023年2月上半月刊）

手搓辣椒面

一个人的饭与手搓辣椒面有关
当然,眼前殷红的桃
让眼神和心扉都在亮色中发愣

驻村的日子就如一本人生的书
辛辣一半
甜酸另一半

(原载于《安顺日报》2022 年 9 月 23 日副刊)

秋桃熟了

桃花源的桃子已被姓陶的诗人庋藏
在桃花怒放的三月
五柳先生和谢灵运秉烛对饮
吞下田园山水
商议，黄家湾的桃
搁放何处遇缘

缘起源，源生缘
湖边之桃熟透之后
正是一幅水墨初粂
"临水人洁，近荷心香"

（原载于《安顺日报》2022 年 9 月 23 日副刊）

草鞋，巡洪及其他

太阳把天空撕开一道缝
要来探访村里的洪灾情况
要来看我的草鞋上是不是套着袜子
窥视我是不是在偷懒

我不着正装去迎接太阳和它的光芒
我在山泉溪边洗了洗脚上泥污
就干干净净站在怒吼的洪水堤边
与百姓站在一起
尽管与乌云的底色隔岸相望
心里暖暖洋洋

（原载于《安顺日报》2022 年 9 月 23 日副刊）

顺风顺雨

雷声终于敲开山门
让昨晚提着嗓子祈祷的揪心驱散

山闷热久了让人失眠
如我睁着眼睛听你
盯着天气预报
我说，千万千万别忽悠我和我的鱼

我像鱼，在持续高温
与28℃多的水温里
与越来越小的水流量对视

鱼的生存环境在三伏天较为恶劣
我却天天盯着天气预报和它的承诺
准时打着村里的手电
徘徊塘边去等雨

霹雳、呐喊及其他
于半夜，终将凉爽还给了大地
并抬高我就要干枯的河流

河流的一生与人类一样
满是险滩
唯有初心不变，万事即不会退缩
如等了一夜的雨与驻村的心事
顺风顺雨

（原载于《安顺日报》2022年9月23日副刊）

太阳的魔性

我们甩开手走
我们捧起安静的水花
在一株梧桐树下
以树洞的方式闲语

然后，燃起我驻守的同合村
在花儿热烈的夏季
轻轻巧巧地融入村庄

黄家湾的水很丰盈
粘透月亮河边的芦苇
月亮河是格凸河的代言
风渗不进来，月光也渗不进来
如我筑梦的器皿严严实实

除非，微风皱起一池秋收水波
将我和你的笑声魔性
于晨曦，或一个遥远的寨子

（原载于《安顺日报》2022 年 9 月 23 日副刊）

詩画同合

蝉鸣晨曦

如此蔚蓝的天空
把所有的云朵追赶
腾空再腾空秋收的天空
直到我和我的村庄爬去山顶
遇见苍穹与早起的蝉鸣

刚送走过夏天的月光比任何时候都妩媚
升起一层薄薄的雾
让那些轻纱融入我赠予的唇釉
如我盼你抵达同合时选择的傍晚

我们划一宿月亮船
不停地互读修长的影子
喝星星酿浓的桂花液

我在森林民宿里散养的老虎认真履职
把木腰门看得严实
眼神框住游不出黄家湾月夜的你我

我们慢慢游吧
不用担心水里的巨蟾和金鳄
它们是人类伴侣
它们又在看我
如何与一个诗性的人儿回归爱巢

它们还会原谅
一个偷了所有唇釉的驻村人
以此涂抹村口的秋色时
那美，固化晨曦

（原载于《安顺日报》2022 年 9 月 23 日副刊）

写给拒绝断流的小溪

山村的夜晚说话算话
既然，已觉得一弯弯月
可以割断山脉
鸟鸣就会告诉你
不分白昼的叽叽喳喳
总能感动溪水
总能滋养一砚老磨或嫩嫩豇豆

大地母亲也总会挤出奶水
也许早已干瘪
却能让大山绿意葱葱
却能让村里的小溪拒绝断流

（原载于《安顺日报》2022 年 9 月 23 日副刊）

种地瓜的老人

以山里的晨曦擦亮双足
手机随手拍记下每天
或，用诗句折叠驻村时光

总是期盼在人生最动情的两年
能有一些关于自己年轻过的记忆

像村里种地瓜乡亲的那双细手
披着风霜酷暑
从未停止对土地的抚摸
哪怕就剩下一骨指节也种出秋天

刨泥，滤瓜，捆扎
然后用最美的表情与手感陈述
"这是没有吃过肥料的地瓜"
"这是沙地里的小地瓜"
声音很轻很老

（原载于《安顺日报》2022 年 9 月 23 日副刊）

当誉词词穷

坚持每天五分钟的"驻村诗记"
让我不成样子的文字拒绝懒惰
起床了，准时六点
满身的血与鸟鸣一起预热

今晨誉词已被仙境收走
我脑海洞开
在风景之下找到了两个字——"同合"
还在"同合"背后看见两个字——"诗画"

那色彩，构图，用光
都是天赐
庋藏深山峡谷亿万年
让我的赞美苍白
誉词词穷

（原载于《今日兴义》2022 年 9 月 13 日第 4 版）

只说美丽

我们相逢一笑
我们捧着《菜根谭》和鸟鸣
我们只说美丽，如
人心仁意之美丽
山尖尖路稳稳之美丽
云挂腰间与曦月升碧水之美丽
秋色逼来万物丰满之美丽
水墨黄家湾与同合诗画之美丽
布依山歌唱善孝与新五星文明户之美丽
苗家阿妹房前屋后宜居治理之美丽
家家户户花栏簇拥之美丽
小高寨赶场移风易俗大变样之美丽
小金橘接过秋梨，秋梨接过蜂糖李之美丽
蜂糖李接过樱桃
樱桃接过春天花朵之美丽

你美丽，她美丽
我丑老火，却一路欣喜若狂
在追风美丽的路上

（原载于《今日兴义》2022 年 9 月 13 日第 4 版）

黄家湾之云朵

黄家湾如此青涩
蓝之蓝，瘦之瘦，云朵温柔
却不敌我遇见的伞把菇之小腰

那是一阵急雨后的迅速破土
那露出小肥的菱角与想象，与景致与菇
适合一个人的驻村时光
盯着天空目瞪口呆，一直看，不转眼

完美的遇见让人目不转睛
盯着乡亲如何捡得朵朵白云
那乡亲手里洁白的伞把菇啊
蓝成一个"合"字

山里的花朵那么快就酥麻成鸟鸣柔情
我看见的风在雨后催眠山峦
吞噬山珍的想象或腰围
囫囵吞枣

稀罕的菇大音希声
有想象梭过大脑
像蝌蚪，像飞机，像纸伞
像所有的想象与真相

是的，凡是从意象里飞过的
或让我想得到的山珍
都是无限的遐想与辽阔无垠
最终，都会成为一杯逸凡的苦丁茶
耐品耐看

（原载于《今日兴义》2022年9月13日第4版）

在另一个村庄听见爸妈耳熟的唠叨

爸爸说家乡的风景都系着风铃
只要妈妈一想孩子
拉拉电线杆
宽宽窄窄的路边声如风铃
叽叽喳喳，绿绿地响

妈妈说这些电线杆有电
爸爸说"那是会说话的电话线"
妈妈又说
"怪不得，能听清儿子在同合的声音"

（原载于《今日兴义》2022 年 9 月 13 日第 4 版）

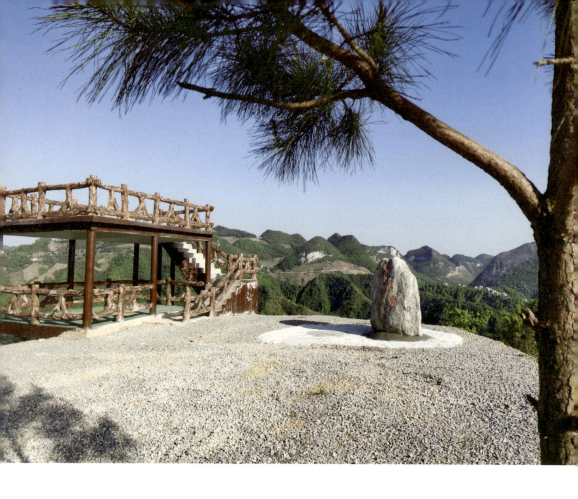

诗画同合

山歌唱到月亮起

清扫干干净净的观景台
等晨雾晨曦入座
等月亮星星对唱山歌

山里正是水稻抽穗扬花时
备足的桂花酒温温热
含苞待放

炙热黄家湾刚刚送走落日
提着弯月到来
将老百姓笑脸揉成柔柔饼馅
唱山歌，日日洗心
时时纳新

（原载于《今日兴义》2022 年 9 月 13 日第 4 版）

解放鞋，岩鹰，水及其他

昨晚回村后将解放鞋洗了
昨晚下了一场初秋的雨
我的解放鞋未干

昝已承诺过
今早去红岩组峭岩之下查看水源
组里的乡亲饮水断了已两天
我的跑鞋异常兴奋
如一张胖白的脸
沾满露水、泥浆和未知
还傻傻笑

穿过苞谷林
我进入很深很深的峡谷
突然，一只岩鹰被乡亲的笑声惊吓
扑腾扑腾飞出巉岩
拍打一坡野花

（原载于《今日兴义》2022 年 9 月 13 日第 4 版）

同合是美丽的

天空依然蓝，空蓝
如家园后山的每一束光亮
用足劲撑开自己，让出一条路
路，求知求学路
等城市的月光抚触

万物吉安是最幸福的期待
在同合写上乡亲的名字
我按上我的手心
我们与喧嚣一别两宽
我们回到同合

再短暂之爱也是汗水浇灌成的绿
儿子，校园是你的家园，去静静苦耕
我又将回到秋风习习的大山
那里的"农"字课堂大，我去苦读
我还一边欣赏
"同合是美丽的"

（原载于《今日兴义》2022 年 9 月 13 日第 4 版）

桥的秋事咄咄逼人

像无数把琴状的风摆
所以，我必须得抓住你
将你动听的呼吸
谱成曲
交给这株孤寂的格桑花
深情演唱

格桑花不争不抢地吐舌花蕊
在桥的根部美着自己
铸造刚强的出口与来路

偶有的故意并不完全丑陋
如这层层叠叠的桥握住深秋
让丰收的风景咄咄逼人
笑声弯来绕去，风姿绰约
美不胜收
也时时提醒路人
要记得住来路，出路才是风景

（原载于《今日兴义》2022 年 9 月 13 日第 4 版）

没有生锈的冲锋号

从乌蒙出发，从乌江出发
从高原出发的三月火种
就要燃成一片红海

我在一块红军断碑前思索
这些路和路的背后
究竟留下多少红军战士的足迹
让三月的苗岭孕育一部史诗
意象和主题是啼血的杜鹃待开
诗名从高原的麻山腹地吟唱而出

"共产党对贫困山区人民真好"
"共产党对民族地区同胞真暖"
这不是一句两句口号
真不知多少人用充血的眼睛和脚步
在羊肠小道上勇毅前行
挖掘出一颗颗枪械的斑驳与铁证
春天的冲锋号，再次吹响

（原载于《解放军报》2022 年 3 月 30 日 "长征" 副刊）

红　岩

我听见铁链和锁
不能锁住的信仰的声音
我知道岩石的高温与硬度
把热血熔铸为血性
大山的血性是沉默的
我常常想，如果不在山涧行走
不听清泉琴声流，那些励志的果实
和被岁月过滤的往事
永远在沉寂
是的，山里的兰花叫山兰
郁郁葱葱的纯粹军绿色的山兰
先烈路过时，为正义抛洒的血
依旧在高原盛开，一直没有冰凉

（原载于《解放军报》2022 年 3 月 30 日"长征"副刊）

春天的出发

窗外静悄悄地下着雪
失眠的刀被清醒磨得很快
一层一层削亮夜晚
推开村门，一场雪在漫天飞舞
春雪与春水都在悄悄地涨
如信心鼓足，脚底生风
我拥抱春雪春水，密封母亲的叮嘱
给故乡敬一个军礼
扛着心中的旗帜
再看一眼故乡就出发

（原载于《解放军报》2022 年 3 月 30 日"长征"副刊）

另一场战斗

支书当过兵，他的肩头太硬
那是练兵场脱过的千层皮
皮肉开绽的花朵被汗水浇灌的
千层皮

他的双拳握紧
那是钢枪站直的影子
他双脚夯实
那是齐步正步与踏步跑步的铿锵有力
他脱下军装也在雷声里抓闪电
只一个"上"字就赴汤蹈火
那是在军营时的抗洪抢险
稳住了长江黄河
固若金汤，那是返乡后的乡村里的巡河
不打扰我熟悉乡村，轻手轻脚

他将军功章悄悄藏起
在大山里行走逶迤
他尽管离开了军营
却从未忘记，脱贫攻坚也是一场战斗

（原载于《解放军报》2020 年 7 月 31 日"长征"副刊）

兵支书

兵支书的肩头可以扛起一切
那是练兵场上被汗水浇灌的坚硬

兵支书双脚扎根在大山里扶贫
那是军营中用齐步正步夯实的力量

兵支书脱下军装也能在雷声里
抓住闪电
闻令而动就赴汤蹈火

返乡后，他们将军功章悄悄藏起
每天在大山里行走
把灿烂的阳光带给大地
生长出一片片金黄的麦穗

（原载于《解放军报》2020年11月27日"长征"副刊）

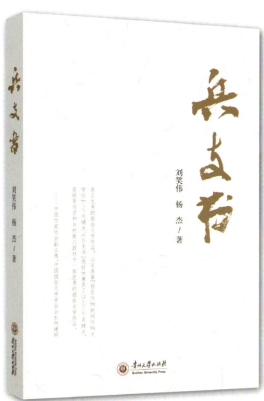

兵支书

刘笑伟 杨 杰 ! 著

真正优秀的报告文学作品，必须具备"报告性"和"新闻性"及"文学性"三个关键点。《兵支书》很好地兼具了以上三大关键点，是报告文学相关时推出题材中一部优秀的报告文学作品。

——中国作家协会副主席、中国报告文学学会会长何建明

贵州大学出版社
Guizhou University Press

风物会慢慢站起来报它的名字

从苗家阿妹和布依阿妈口里说出
有些花儿的名字或多或少有些拗口
如山里的风物

鉴于我词穷与见识之浅
亟待摸索，丝丝
与道与理与秉性与脉络与花开之季

我相信时间的沉淀
我期盼所有的棱角会慢慢自圆
触类旁通之功也会慢慢修成

我还自信
风物会站起来报它自己的姓名
待我们它们熟透之后

（原载于中国诗歌学会公众号 2022 年 2 月 27 日）

新 土

乡村的雨滴早起
清点鸟鸣，也赞誉这一轮新土的到来

我将这层新土培在村小门口
有蚯蚓蠕动，有花蕾种子萌动

就要过儿童节了
我的驻村时光像这堆新土
在昨天还是一片乱石荒野的笔记本上
植一把锄松动泥土

面对这吐露芬芳的新新泥土
面对这埋头啃土的挖掘机
我心里的新土已是万朵花开

（原载于中国诗歌学会公众号 2022 年 2 月 27 日）

芒　种

山村的夜太浓郁
飞蛾也浓郁
一个劲儿朝着灯光处闯
直到茕茕孑立，或粉身碎骨

看见昨夜的飞蛾
我知道孤寂的村子装满苦涩
我知道今晨一定有雨
我知道有芒的麦子等着收成
我知道有芒的稻子快要播下

就用这把椅子和十天前买的那张桌子
把自己定格此地
陪伴准时到来的芒种和雨滴

五月的节令啊
雨喂饱昨晚的蛙鸣
雨填满村庄的河流
雨摇曳路边开放的野花
雨，是布依阿爸牵着的耕牛
倒影，炊烟，秧禾，遐想
浓墨重彩

（原载于中国诗歌学会公众号 2022 年 2 月 27 日）

同合的阳光

我在同合奔跑
寻找到一片属于自己的森林
青冈林，松林，枫香林，下雨的梧桐林

我在村委会后面的芭蕉叶间站立
将闪电的肺交给森林
任它清洗，任它用我小小村落的小溪冲洗
还要用同合柔柔的阳光晒
捋一捋，再归还芫野

（原载于中国诗歌学会公众号 2022 年 2 月 27 日 ）

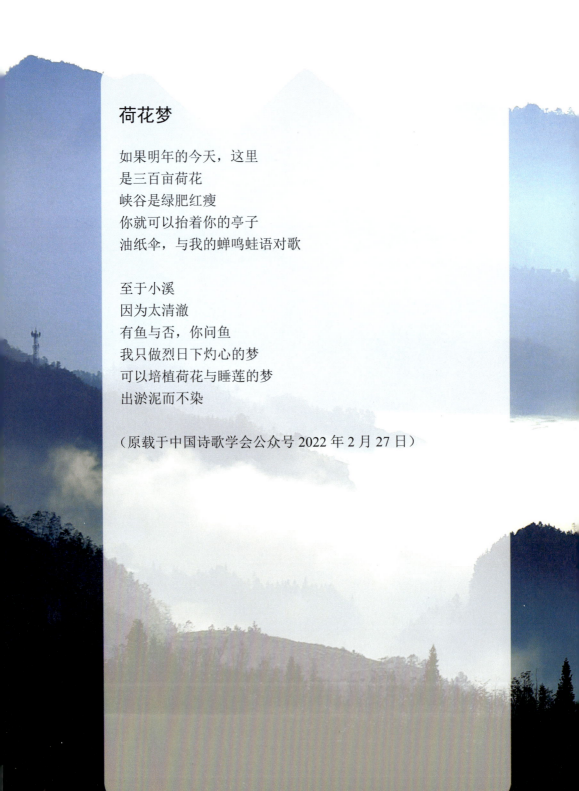

荷花梦

如果明年的今天，这里
是三百亩荷花
峡谷是绿肥红瘦
你就可以抬着你的亭子
油纸伞，与我的蝉鸣蛙语对歌

至于小溪
因为太清澈
有鱼与否，你问鱼
我只做烈日下灼心的梦
可以培植荷花与睡莲的梦
出淤泥而不染

（原载于中国诗歌学会公众号 2022 年 2 月 27 日）

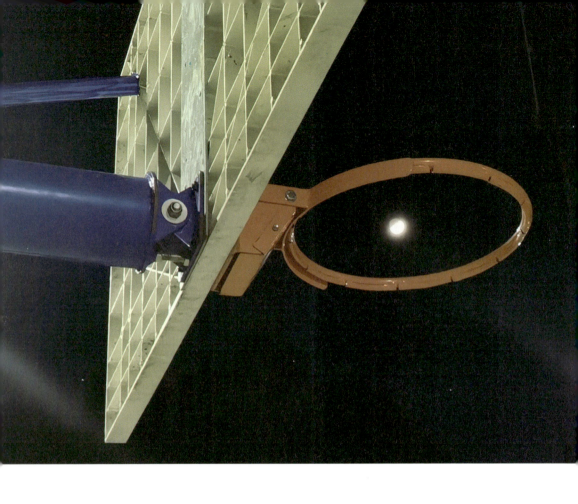

有蛇的夜晚

巡检村里鱼塘回来
我遇见了蛇咬着蛙鸣与月光

我享受这样的孤寂
屈原，伍子胥或其他的乡思
过度孤寂在六月的高温中煮熟粽叶

不知什么时候我越来越鼓励自己学会孤单
寂寞地过，没事
我坚信空旷的星辰与夜晚也在思考
现在是孤寂的
但一定会在村里的篮球筐里点燃萤火虫
我也会在最小的村落遇见一丝光亮
毕竟，走了一遭就是彩色的

包括诸多黑白
也包括我最不愿意见到的蛇

（原载于中国诗歌学会公众号 2022 年 2 月 27 日 ）

学学蝴蝶洒脱一点

我一直犹豫，雨也在犹豫
可能只有夏雨
才容易被人理解为时光隧道的快走快来

如果不是因为雨的太激烈而四处泄阀
我停在村里小小寝室的窗棂
会不会学学蝴蝶洒脱一点
只对艳丽花朵留下村里的地址

我的伞没有回答我

（原载于中国诗歌学会公众号 2022 年 2 月 27 日）

去小高寨赶集

又周三，我提着晨曦去小高寨
买菜，赶集，收集民风民意
我在布依大爷的小汤锅前次次徘徊
我要试一下柴火
尝尝汤锅老板菜刀平着拍碎的青椒

乡场上的熙熙攘攘可以躲雨
老乡提着糯米酒不被淋湿
雨猛烈地下着雨的这个周三
我在村委会的门口准备了便民的雨伞
却一直没人来取

（原载于中国诗歌学会公众号 2022 年 2 月 27 日）

奶浆菌

山珍爬出书亭
村主任说那是奶浆菌
野的，野生的，从泥土里长出来的

这是昨天下午入户归来
穿过一片湿漉漉的青冈林的遇见
有了艳遇，村主任说
美妙绝伦的奶浆菌
用蕨台茎叶穿起就无毒

（原载于中国诗歌学会公众号 2022 年 2 月 27 日）

同合神情

写给红色的家乡（组诗）

祈福的梦飞过家乡河流

鸟鸣不停地在试着飞翔
飞过高原大海
飞过家乡的蓝天碧水

玉米和红糯高粱也犹豫了很久
期待一声指令从松针缝隙滑来
暖暖的针刺
是大山肌肤的秋色
如此舒软

飞吧 梦是自己的翅膀
听见山河无恙
酱味就跳出酒缸
急急忙忙打开自己
一遍又一遍
吹奏祈福版《平安吉祥》

想我时就抬头看看月光
——写给儿子

点燃这支蜡烛陪孤寂月光
村里停电就停水停网
如村舍与时空的遥遥相望

再坚强点就能走过八月的星辰
就是月光放飞的轻盈风筝
随启明星翱翔

危难时刻的你我不会有梦魇缠身
各自尽心书写好"平安"二字
心灵 就有了息息相通

我们也会在梦里遇见
遇见月亮就请月亮捎句话
一定一定要好好的

想我时就抬头看一眼月光吧
那丝丝光亮
与我粗声粗气的问候
挤进你的窗棂
黏得很紧

写给"大白"

下着微微秋雨
我们排着长队
给"大白"让出一条
通往凯旋的大路

一身白色
年龄就整齐了
不论大小都叫"大白"

此时"大白"们早已满头大汗
只用眼神对着我说话
发射出"平安"的电波

村事在秋天开出花朵

晨曦是用心的
用心问脚下农事
那些被书写过的"村事"呢
在屋檐悄悄丰硕了吗

还有，乡亲的嘴角上扬了吗
老百姓分红收到吗
明后年之长效有过考量吗

"村事"即小事 点点滴滴
"百姓事"乃天下事
是一茬茬贴近土地之人
走过百姓心间收获的评语
听得见泥巴的心跳
也偶有观望与期盼的加速交叉

那些纵横的阡陌啊
刚刚好在秋天开出炫酷花朵
如此美丽
所以，我常常撕下自己
与偶有的喟叹一起审读过往

也许，还有另外的原因
我提前阔别了自己
回到泥土

写在 2022 年的中秋

要是配餐里有一个月饼

你就享受到了一次
一个人的中秋节

如果没有
爸爸妈妈就是你心中的月饼
越想越圆

迷路的秋雨

中秋被疫情挡在门外
月光和星辰孤寂
月饼像迷途的羔羊
没了往年的模样

村舍说，月光在何处
秋雨就能点亮心灵之烛
搁放思念于何处

雨，小雨，迷路的小雨
将月光藏于
夜的支支吾吾

秋雨勤快
将窗外枯黄的苞谷秆整饬
梳理得落落大方
用自己积攒的雨水
喷香一棵棵桂花

芙蓉花铺满的江河

漫漫秋夜
让雨水一个晚上
都唱着动人的歌

歌声中
我飞过芙蓉花铺满的江河
也看得清家乡宽阔水
在浓雾中
久久悬挂的那滴泪珠

（原载于《遵义日报》2022 年 10 月 30 日第 3 版）

一切始于芒种

太阳的头抬了起来
看见心急如焚的乡亲
芒种，忙种

我的夏天从小满过来
捂着薅秧泡熟透的脸庞
所有的青涩，绒毛，初红
如遇风调雨顺之年
或许会甜成记忆

还有一种可能，就是
苦成日子
应验人间谚语
"种瓜得瓜，种豆得豆"

（发表于夜郎诗歌公众号）

泥土有芬芳

驻村一年后，好多诗歌的年选本都将我抛弃
有好言者对我说
"你的诗越写越土了"

我每天奔跑在乡村振兴的路上
我驻守的村属于麻山腹地
这里有最美丽的云朵，叫"紫云"

紫云在上
一层云之薄情，也能
赐给春天漂亮风衣

泥土之芬芳给闻得出味蕾的人留香吧
喜欢了，就越看越美
那是离春天最近的文本

（发表于夜郎诗歌公众号）

歌　者

我可以是歌者，或
被你认定的歌者
有不落的颤音在梦境裙摆上渡劫

歌唱秋天时
人类才会把嗓子扯入丹田
让尢野的蒲公英
以大山的灵丹妙药抚顺气息

蝉鸣告诉了世间
也许没有想象的混沌
只要在内心植入通灵的乐谱
就一定会有和弦与调子息息相通

（发表于夜郎诗歌公众号）

我是一个送春人

背着昨晚的爆竹红出发
持野花一束，一路走一路送

压岁钱在孩子荷包里捂出了汗
带着春天的味蕾跟我身后

送春人先念一下昨晚佳肴
拾掇拾掇大山的炊烟
撸撸家乡美，捋捋口中词

家乡大美
每一个萝卜都不会空心
白白胖胖白白净净
像我给你送来的春天祝愿
福满路上，实心实意

（发表于夜郎诗歌公众号）

唯有你的笑脸让我欢愉至极

从看清楚明白到学懂悟透
从训诂到哲思
像生产诗之过程
如大山里老百姓的水池
清水淌过岁月时无人忆起
但年久失修了呢
地质变化了呢，抽水泵老朽了呢
泥土风烛残年了呢
水断了呢

鱼儿开始将水搅浑
心中那块遮挡美丽的黑布
本就不想看见美丽
山河喊不醒一个装睡的人
又如何试着与晨曦形同陌路

事实如此
就是山顶上老百姓的水不够吃
好吧，既然你不愿意听
那就不要被提起
我就在孤寂的酒碗缝隙用眼泪填充
自己吞下一枚徽章
闭着嘴让其燃烧成一汪湖泊
之后，融化，静谧
百姓之笑脸让我欢愉至极

（发表于夜郎诗歌公众号）

惊蛰来了村里，春雷迟迟未到

春天的嘴里含着什么
春天的床上铺什么
春天的肚兜里藏有什么
今日惊蛰，那些蠕动的风儿
吹落挂于窗棂上的外衣
一叶飘零飞散，越落越美

我在春雷炸响之前
继续做一名茂密森林里飞奔的歌者
眼中万物冒地而出
以卯月之生机迸发出春耕的完美意象

惊蛰之后的乡场慢慢恢复了热闹
细雨绵如柳芽
剃头匠的老式刮胡刀舞动着家传的手艺从未失手
卖春种的乡亲用一年又一年的收成积攒口碑
门庭若市

别小瞧这轻盈的绵绵细雨
也许一小会儿就裹挟春雷盛装始鸣
让蛰虫的冬眠与乍动满血复活
起身松动泥土
给山折耳根打通走进焖辣椒面的味蕾

（发表于夜郎诗歌公众号）

布依寨里的老屋

有雨滴滴落，乐了我的乡村
布依寨里屋檐欢如画笔
直直插入诗中

打了一夜的腹稿正兴奋于画笔之上
我起了个大早
遇见透亮的空气就开始语塞

也许是听了一个个关于布依山寨的故事
在生态与美丽面前
无法拒绝
诚挚地爱到连画一栋老屋
或一株松柏也紧紧

（发表于夜郎诗歌公众号）

背影背景的背后闪出一道光亮

这里从来就是山脊
一个"背"字是一道脊梁
脊背的背，闪出一道光亮

乡亲的眼神聚光
背着书山和梦走出座座大山

刚驻村时我遇见一名考上大学的女孩
她挥别群山时被我记下瞬间
她箱子里埋着不被误读的种子
画家描绘她的背影
像一朵绽妍的丁香花的背影
刚刚好写满背后之辛酸故事

姑娘寒暑回来
皆用同样姿势与大山道别
寒窗过半的她此次回家
转过头时
墙画脚下已长出了鲜花

（发表于夜郎诗歌公众号）

噩 梦

有人安排我必须在短期内
在篮球场上修一个猪圈
养三百头猪
宽宽的维度让猪随意跑动
发威时，丢进去一个球
猪就会狼吞虎咽
生龙活虎，又肥又帅

幸好今天赶场
村舍外摆摊设点的乡亲起得早
摇醒越做越着急的梦魇
还好，我睁开眼
蓝蓝的篮球场还在

（发表于夜郎诗歌公众号）

黄家湾的小金橘是乡亲放养的牧群

最先听见的声响是小金橘压弯枝丫
在同合紫色天空肥肥奔跑
朝高原湖泊方向
甩掉白云的追赶

小金橘是同合放养的牧群
与顶着云朵的黄家湾极其相融
映照你我，在秋阳里摘美果时之矜持

美果是乡亲用汗水发酵的笑声
万物自然了就价廉物美
就一个"鲜"字，加上"情"意
再加上我用折叠锦囊送抵
就如这越简单越美丽的初冬
刚刚好甜过村庄

你慢下来了吗
你慢品大山里的瑰宝了吗
黄家湾小金橘很美很红的样子与你很像
尤其双眸
每一个眼神都动人如初

（发表于夜郎诗歌公众号）

即使暖冬，村里的夜晚也来得较早

屠夫很忙，太阳沿其刀锋落下
即使暖冬拂村
我也总感觉腊月黑得很早

温度计不说假话
量着地里长出的黄金与万物
蘸着乡亲美梦的翅膀
笑脸是温度计最真的刻度
带着年味儿回归

夕阳下的乡亲挖到药材
"三七"通血络，血
是热血，从温度计的刻度流过

水墨同合的暖冬也是冬
再美的时光里唯有书香陪伴才香
才更具驱逐黑夜之功与穿透文字之力

村里的天幕说黑就黑
路灯听见屠夫磨刀的声音
安静了许多，翅膀也收紧了
我手里拉着缠绕月光的风筝线
让折叠好的故事在线上摇摆
夜铃声声，静等天明

（发表于夜郎诗歌公众号）

做一个清扫舞台的人无比幸福

得赶
年三十前将舞台扫干净
让紫蓝天空挂出乡亲笑脸
背景墙，音响，灯光
要有年味儿，无比幸福的年味儿

太阳太大
我的脸被逆光照得黢黑
像一头牛，没洗澡
黑脸庞留给唱山歌的乡亲当颤音
或一幅笑料，生活元素于我
或被人当成一块笑料也是幸福
简简单单拾掇拾掇
当年货端上热热闹闹的年

有人问这个扫舞台的人是谁
侧影笨拙，我内心舒坦
站我身旁唱山歌的老乡认识我
他们收走观众目光

我只顾勾着头，也不需别人多看我一眼
更不用担心
我的黑脸庞和眼睛会咬伤人

做一个扫舞台的人
或让出舞台就是人生人性
我无比幸福

（发表于夜郎诗歌公众号）

又喊一声"老乡"（组诗）

连续 3 年，从戎 18 年的我从"脱贫攻坚"到"乡村振兴"，一直坚守在当年红军战斗过的红色土地上，只为把最后脱贫地区的地处麻山腹地的一个原深度少数民族贫困小山村变得更美丽。

——题记

又喊一声"老乡"

喜欢乡场如期被喧嚣摇醒的样子
熟透的风物次第从两边山脊慢慢下来
自由赶场的乡场
热闹的夏天起得比太阳早
丰稔的晚秋比露珠早

乡场紧靠村舍窗棂
由远及近的静谧与宽宽乡脚交汇
灵动一道风景

就要春节了
嘈杂与吆喝比平时浓烈了不少
嘈杂与吆喝是乡场本味
我枕头下的烟火时常能闻出木炭烧焦的煳味
我为我孤寂的驻村决定泪流满面

据说这个大山里的乡场赶了八十多年
从 1935 年 4 月 9 日开始
连续 5 天都有红军从村口经过
红军天天路过这里
乡亲们就天天集聚迎送

红军对乡亲好
老乡长，老乡短

苗寨乡亲称红军"红苗"
"红苗，红苗，苗家亲人又来到"
声音甜如四月的樱桃

我学着喊，喊一声"老乡"
又喊一声"老乡"

驻村人都是红军的后人

隔着玻璃长成的森林
少了一些骨头，无股肱动脉

茱萸说过，有志结出无数的
红红枸杞
或更红的果核

只要生命还在
大山的具象或被无限想象的器官
就始终盯着柔弱的云朵

驻村人都是红军的后人
如果不爱好拼搏，激战与百姓交友
就影响骨头的长高和钙质流失

风物在透明的玻璃里生长
刚刚好证明了你我
都不太过多追求答案
更多时候在过程中自娱

裸心被四周透视

人类总渴望答案是精彩的
结果，是我们把另一个感觉交给了月光
随其猜测

好像给春天说过
群山的翎羽满是我的眼神
在空蓝与苍穹滑行的体感
山知晓，鸟鸣开道，后有追兵

想着法子让红军走过的土地变得越来越美

今日"同合"究竟太美
落下许多鸟鸣
云海磅礴的样子盖住大山
那是山水相融构造的大气概

此时此地，云海不走
观云海者也不走
我听见的赞叹声很挤，啧啧啧啧
我只能用另一双眼睛远远看着同合

宠辱不惊的晨曦是最美的风景
一个劲儿地努力爬上云端
把黑白世界看清，照亮

"同合"金桂香出泥巴味

在钢筋水泥面前

这些矮个子金桂珍贵出了灿烂
矮子金桂也曾试着长得高高的
高过高楼

而事实是
矮子金桂离土地太近
以接地气的方式散出另类芳香
泥巴味蕾的香气高过高楼之高
长出了骨头，比跪着的人高

金桂开满园时风景独好
高与矮"同合"
方才暖足这个秋天
或，与初冬的另类和煦

黄家湾观景台像一把不枯音的吉他

观景台在黄家湾发声
像一把吉他
琴头直率，弦钮坚如山之护栏
音腔是鸟鸣走过琴箱的圆润

百姓昨天的酸涩与苦辣啊
与今日甜味搅拌
弦之吟猱自湖心滑来
伴唱乡亲黏黏的山歌

黄家湾美如诗画
是六琴弦与懂弦的手
在卡夫卡想象的世界里观一眼"同合"
满绿与八分山一分水一分田和弦

音不枯，音有骨
也许，正酿造另一部
变
形
记

村里野生的板栗像刺猬打开自己的刺猬

板栗从树上跳下来问
回家的路有多远？风说
卡口知道

板栗像一只刺猬打开自己的刺猬
扳着指头用最简单的模式算出
回家的路等于一道又一道"不准通行"之卡口叠加

板栗回不了家，长出毛糊糊的胡子
卡口就成了无数人的家
守口者小憩的木床是板栗用野生的壳铺就
针毡等着风说话

风说了很多人话
风说，别老想着别人为你打开卡口
莫名其妙地关心关注你的果核

听完风的话我手里的板栗散落一地
甜的，加了蜂蜜的板栗与光泽
在这飕凉飕凉的晚秋
真的像一只刺猬打开自己的刺猬
路见锋芒

诗画同合

村舍阳光

把自己分成酸和甜
味蕾就形成了自己的哲学

阳光却不分左右
总是准时喊我早起
有时我不想向太阳求取第一缕光
即使强行被照耀
我继续拉着遮光的薄雾蒙头大睡

鸟儿是公平的
鸟鸣只对着果实歌唱
爬上村舍斑驳的窗棂赞美青涩
光与虚光于我
头也不回，白我一眼

深扎雾中的劳作是画

云海淹没了整个高原
唯有故乡的山尖
揣着烈性与太阳高过群山

身居偏隅与雾中的劳作
与每天汲吮的白云
是家乡在脑子里储存的童年
粉嫩粉嫩的样子
蘸着墨香写下每一段文字都甜
甜过乳香

是啊，早起的山村之晨

乡亲在高原之高的深秋云海里劳作
让家乡软软的味蕾浓郁
一笔难尽
却泼墨成画

温柔"蓝"

已抖干颗粒成了稻草人
太阳的烈性已翻过你的桥洞
此时再葳蕤的瓜也叫秋瓜
我们在一条小路上邂逅
却更加懂得了避让
所以，此时之"蓝"略显温柔

至于是否被秋霜体贴
双目是否满含露珠
是否在正午遇见秋老虎
还有，在九月的田埂上
诚邀的谢灵运是否准时赴约
山里的风儿会次第告知
次第花开

盼

村舍的银河系发着光亮
在最小最小的角落里敝帚自珍
星星确实太小太小，太小啊
萤火虫般，或更小
被忽视的那类小，小到叹息

山里的鸡鸣犬吠也小，小了

就天天书写光明
写完就痛快了许多

孤寂的夜容易让人烦躁失眠
有时越安静就越恐惧
所以总盼着窗外的晨曦云开雾散
偶尔，感动一下自己

村里的金桂潋滟成海

秋阳懒洋洋地拍打着山的腰
山腰有金桂怒放
花蕊说借给鸟儿一些精气神
飞舞吧，去香一座被封住的城

那座城有通透无比的窗
再注入一股清流
与村里自产的桂花佳酿共舞
潋滟成海

（发表于夜郎诗歌公众号）

1935 年 4 月 9 日至 14 日，红军第一方面军主力部队分四路进入
贵州紫云县境，三路出境，历时五天四夜，足迹遍布紫云境内 10 个
乡（镇），195 个村寨，行程近 180 公里。邓颖超所在的部队行至现格
凸河镇羊场村时遭受国民党飞机轰炸，死伤 9 名红军。

1935 年 4 月 14 日下午，红军后续部队 29 分队经过板当尉卜乡
（现同合村）过撒金大桥时，突遭空袭，红军战士受伤 11 人，牺牲 1 人。

"最后一碗米，送去做军粮；最后一块布，送去做军装；最后一
个娃，送去上战场"的红色故事代代相传。

秋　事

秋事总在秋雨奔袭时呈现
秋事是夏天传衍之积蓄
如我在山涧目睹透亮，或月光
一饮而尽我的黄家湾

这是山村的第三个时令了
我见证稻谷丰稔时对秋天的囫囵吞枣
见证雨的脸颊与泪滴
是糯高粱战胜寂寂之利器
见证了村落秋事的风物

秋事让我慢慢懂
初秋之雨的内核是不急不躁
或娓娓道来

（发表于夜郎诗歌公众号）

黄家湾折叠的枫叶已红成帆

衣裳是自己的伞
我在伞下苦读一个人的黄家湾
被风景绘出的深秋浅美

枫叶红的霜降更"同合"
我问山影
你还在哪里飘逸
我折叠的枫叶已成船
等你如仙侠归来
将潋滟的家乡打卡
红衣袂袂

（发表于夜郎诗歌公众号）

乱

1
麻线被鸟鸣叼着绕过四季
乱舞春秋，还好
背景是蓝色的
空灵的风来去自由

只是没想到会乱成一张网
无规则地暴露出大山的短袖
更像青冈树的叶子
在落尽铅华之后遇见一场火
连最后的遮羞布也脱下
枝条赤裸裸地燃烧

2
"乱"字时时用右边的匕首杀向靠左的舌头
又是谁取走"匕"字一撇呢

舌无骨却伤人最深啊，少了一撇
"乚"字失去了锋利和刹车

乱成一锅粥的寒气逼人
却总有人把眼睛擦了又擦
在字典里翻阅那走丢的一撇
期盼"风正一帆悬"

我试了又试
也想给移风易俗艰辛路亮一把剑
有可能是迟到的或迟钝的
但终究是一把剑

（发表于夜郎诗歌公众号）

坚硬的大山让出一条路给了月光

村舍四周种满了眼睛
眼睛有春秋冬夏
也有暖言恶语
眼睛与桃花一起慢慢打开

纯朴灿烂的眼睛啊
沉浸完年味儿和烟花就开始渴盼
外出务工之路再平坦宽敞一些

我也在村舍门口张贴过用工广告
"村里养鸡场招工"
"三千工资不用外出奔波劳碌"
却始终没人应聘

我堆积的纳闷和不解
却一下被村小学生放寒假的兴奋踩碎
那天，山的儿女蜂拥而至
小学生们跨出校门来到村委会
看一场篮球比赛再回家
孩子看球，家长来看孩子
人挤人，人抬人

那样的场景很是耀眼
最让我兴奋的部分是山打开一条罅隙
让出一条窄窄的路
让阳光争先恐后

越看越美的风景逼我自己
我需再努力把村产业揉成火球
装下暖冬，给幸福击鼓传花
燃烧球场上的欢声笑语
让那束光亮成为跳绳的绳
轻轻一甩动，乡亲们就齐刷刷地跳得高高

（发表于夜郎诗歌公众号）

谁养活我心中枯萎的湖

正如不敢想象的一些回想
回想那些不能种的苞谷
回想那些撂荒的溪流
回望眼前这一汪干枯的湖泊
与其对人类的惩罚，还有
回想天空下满是征服欲望的怒怼

诗人幸于他人
因为是诗人，不论文字被谁箍紧
或成什么样的筒
骨髓也能发出质朴的足音
哪怕轻如无声
哪怕神情呆滞无光

也还好吧，有一潭水波清澈
也就喜笑颜开或明哲保身
偶还有和煦风摆荡进一杯春秋

（发表于夜郎诗歌公众号）

窃窃私语的甜蜜刚刚好诠释紫色云朵下有最美家园

紫云山歌有十足的现场感
商商量量，窃窃私语，娓娓道来
或暖一场寒冬，或心花怒放暧昧一瞬
或吐槽往昔或赞美生活阳光
以真为真

学唱紫云山歌
先用眼睛唱，先感动大山
先懂唱歌的布依阿妹是强者歌者
入唱时才懂形之纯与音之正

歌者全身服饰与一束敢说敢干的芦苇
是信手拈来的无拘无束和虔诚拥抱
有撕心裂肺，有鸟儿细语
鸟鸣私语

紫云山歌如鸟鸣释怀
懂鸟者自懂
窃窃私语瞬间，刚刚好
诠释紫色云朵之下的家园
见素最美，醉美

（发表于夜郎诗歌公众号）

山　火

驻村久了，我将要成为一个独饮也醉之人
如窗外燃起的春风
将油菜花吹得舞姿潋滟

今天是最难忘的日子之一
清晨六点半巡鱼塘
看见了山火浓烟
我健步如飞
我朝山火的方向呐喊

我的乡亲啊
别用大火烧了咱们的七彩绿装
别用春天的火焰燃烧惊梦
别用一束乌发的整饬吓坏大山与人心坦荡

故事都是要还原的
累了一天，实在太累
就用一首小诗记下今日吧
别让我刚煮熟的面条拉长牵强

我常常想，在村一时
每一百姓之事都努力发出光亮
与这季节里的李花梨花一样洁白
既无言，也无憾

（发表于夜郎诗歌公众号）

不再胆怯山里的夜晚

自从知道那是一只多声部鸣叫的鸟
在嘀咕夜晚，可以
乱叫或模仿各种声音之后
我就不再胆怯山里的夜晚
诸如深夜里的一声狗叫
诸如拂晓与晨鸡打鸣

世间确实常被时光挟持
瞬息万变如那不知白天黑夜的深情的鸟
从未担心会被识破
尴尬面对夜色无需逃跑

然，也有另一种可能
让寂静村落在无垠的水绘宣纸上毫无畏惧
左耳听见了水声
右耳目测马蹄

（发表于夜郎诗歌公众号）

大高寨的松针上滴着童年的风铃

那些从坡顶泄流的晨雾
挂着牧童铃铛
像我眼前这些密集的松针
与湖畔之枫叶红成晚秋

此时的松针上滴着童年风铃
初冬的柿子上爬满我闲置的眼神
也如这闲置很久的养鸡棚
快被树林之茂密围猎成一道风景

进大山后我想念所有挚友和闺密的冷漠
我把自己养成满山飞舞的马蜂
我蜇刺自己
我还想去寻找更厉害的蜂王火拼
我让风听见我挂在脖子上的风铃

（发表于夜郎诗歌公众号）

山村夜语

太阳挤出的晚霞是一把匕首
淬火时染红黄家湾
月光坚持不随波逐流
没那么亮，却温暖了整个夜晚

大山总结出了另一半哲学
逗狗爱引来满寨犬吠
逗人爱
却一语不发，悄悄咪咪

（发表于夜郎诗歌公众号）

黄家湾暮秋是大山暖红的风衣

诗画同合暖了，黄家湾红了
暖如温情脉脉之暮秋
量身定做惜别秋天的风衣

人都是要收拾装束的
鸟鸣也是，于立冬之前
将满满秋意在高原湖泊里沐浴静心
然后，交予初冬

我见之美于刚刚好的"同合"
大同合众是黄家湾人声鼎沸的样子
但，一切终将退去

此地确有崇山峻岭又有茂林修竹
还有《兰亭集序》之清流激湍映带
但柿子已被时令捂红
笔记本里栽种的枫叶也红了
它们安静熬过这个冬天
浪一场冬泳，松松土
就等着嫩叶与春水如期抵达

（发表于夜郎诗歌公众号）

写给洁白的火

时光在火堆里被点燃
风的溅射很快就有了原型
火星流过的痕迹一直在拍手

听着掌声的风物
也许什么也没看清楚
但有一念固恒
然后修仙成洁白无瑕之火

之后，面对黑白不分的黑夜或炭
一粒星火轻轻撩开整个芜野

（发表于夜郎诗歌公众号）

蓝，与山海同色

海的颜色爬上山脊
村里的球场就成了一汪海
海温与寨子里的天空同色

蓝，与海一样蓝的山叫同合
心连心的蓝为大同合众
随时随地听见的乡村笑声
随心随意
从黄家湾山尖尖去了珠江湾畔

（发表于夜郎诗歌公众号）

黄家湾的枫叶从初冬小阳春开始慢慢变红

盛夏的一餐饕餮
枫树躲进深闺，之后
未见与大山拼酒的豪迈
与囫囵吞枣

枫树葳蕤，肥叶与粗壮茎脉
塞进黄家湾深处的声响如鸟鸣
泛舟阵阵与翠绿翠绿的水波潋滟
让湖光开始等，等枫
慢慢变红的衣袂
染一汪湖

小阳春的风悄悄拂过
山红了，泊也红
如我天天梦你美丽的样子
枫叶红，即如燕轻奢

（发表于夜郎诗歌公众号）

无数清泉都在断流

我内心期待着日日阳光明媚
夜晚不要那么寒冷
事实正好相反，如果我的期待成为现实
这个冬天麻山腹地就要干枯成瘦弱的文字

我清晰记得最少有两个半月没有雨水湿透大山了
也许这正是麻山的特性

什么叫麻山，就是因为喀斯特地貌
肩上挑的土地太浅
只能生长山麻，青冈树，红枫
这类硬核与坚强植物的属性

水太薄，井水也薄，这个冬天的村子
无数清泉都在断流
天亮时，我驻守的麻山腹地依然没有雨滴敲窗
却续着昨晚夜深人静读麻山的惆怅

我还是想，如果下一点点雨
哪怕是冬雨
也许能让土地，鸟鸣
和我的喉咙解解渴

（发表于夜郎诗歌公众号）

诗画同合

同合山泉刚刚好滋养枯水季

雾之下，我拧开麻山腹地任何一个水龙头
从黄家湾淌来的清泉都在舞蹈
甜味浓烈的珍珠啊
与山村山歌对唱

老百姓说，泉水滴滴相拥就成了湖
与放养的新鲜空气
刚刚好滋养整个冬天的枯水

（发表于夜郎诗歌公众号）

换口气，朗诵我的村庄

看山巡山常遇兰草
花香带我起茧的双足出发
肩上有湖泊度
村子的，百姓的，你的或我的关注
在同合的山脊奔走相告
"咱们的村庄变美了"

我在枯水季清清嗓子
寻找自己的声音
声音土得深入泥土
但我依然时常提醒
不要跟风，也别追风
声音是自己的马蹄
风，热一阵就成过往

至于宣纸、沙尘、掌声
在山涧也将成为昨天
万物皆是鸟鸣和墨汁的配角

也许，真的是太美了吧
我深吸一口气，换一口气
用腔体朗诵我的村庄
温度和语速，如寨子里返乡季的车水马龙

（发表于夜郎诗歌公众号）

跋

同合村

安　琪

知了用长鸣
叫醒同合村，也叫醒了我
我站在裸心房舍的阳台上
往那挺拔腰肢的竹林望去
清晨的阳光
穿过竹林缝隙：细碎
却已有夏天的热度。七月
同合村绿色蔓延
到处都是绿
群山环抱的同合村
红军曾从这里走过，播下了
革命的火种
年轻的驻村书记在一方石碑中
破译了红色的密码：爱民
为民。同合村的活力
同合村的魅力，在人
在事，在物，在风景
在民心。行步同合村
我遇到的大学生告诉我
明年毕业，他会回来，他是
脱贫攻坚的受益者
必然也要成为乡村振兴的主力

（原载于《星星》2021 年第 10 期）

后记

千日紫云情，三百同合诗

这三年，我的诗作不止这些。

窗选三百首汇成《同合》上下册，上册两百首是心灵在行走之、记录之、回放之、感悟之，下册一百首是近两年来在各大报纸杂志及微信公众号发表过的作品，以配摄影家们给"诗画同合"留下的精美照片。定有不足，但我是用心的。

用这样的方式呈现，算是给自己的半百人生一个交代。

千日书写，以诗之感悟当工作的另一本"日记本"，是我坚持的初衷。

此两本书诗意地记录了在督战"脱贫攻坚"期间，我没有用手中的权力胡作非为，只按要求将群众的所期所盼挂心间，记在笔记本上，在政策与分管部门之间行走、徘徊、周旋，给老百姓找到解决问题的方法和方案。然后，有了对百姓的赞美，有了对国家好政策的解读，当然也曾有过百思不得其解的忧心忡忡与呐喊。

逝者如斯夫，不舍昼夜。只是没有想到，我的"身份"于2021年3月发生了突变，用一位年轻的驻村战友的话说就是"杨书记来督战时，影子都是带风的，没有想到，最后我们成了战友"。

之后，奉组织之命，我在一个叫"同合"的村驻村两年，成了"被督战"者。身份是"变"了，但有一个"头衔"没有变——没有任何收入的"诗人头衔"，但它真的让我富裕了大半生。

是的，我庆幸，在人生"四十而不惑"与就要"五十知天命"时，在经历了许多往事，在就要知道理想与现实之间的距离越来越远时，到了同合。这里是贵州省最后脱贫的最贫困的麻山腹地中的一个少数民族村寨。

作为一名长期行走基层的诗人，我是愿意到最一线、最贫困的地区去生活的，但家庭的实际情况"不允许"，我也一次次"拒绝"，我不能为了自己的创作太自私，想去哪儿就去哪儿，最后是组织决定了，我和家人沟通的"理由"就充分了。于是，我在"乡村振兴"第一线用生命和足迹解读"文章合为时而著，歌诗合为事而作"。

那是白居易对诗文的定位，我喜欢并乐意去尝试。

所以，当我决定将这些零星的拙作集中出版时，我就给了自己一个大问号，我必须自己回答清楚：这些"诗"是什么？

是同合村的山之骨头。从村口到村尾3.7公里的通道上，我用无人机拍摄下来并放大比例确认，这里没有一个地方可以修一个足球场，除了最低洼处有两块田可以奢侈地改成篮球场之外，其余全是山。这是一个峡谷形状的村子，这里庋藏着老百姓祖祖辈辈守住大山的面容。全村856户人家，以前的贫困发生率是51.4%，除了有人外出务工、在外工作的家庭外，在家的少有不贫困的。老乡们世代沿着这条狭长的山谷往两面山上攀爬，像追赶太阳。而往两边山的11条上山道路，每一条我都用脚步走过10遍以上，这两年里，我很少回家，很少有休息日。

是同合百姓的笑脸。时间当然会记住，这个叫"同合"的地方实在太美，也许是冥冥中的安排，让我到一个充满哲理的村子去驻村。"同"，天下大同，人类大同，人与万物大同，最终能天人合一。大同合众是和合万众，合万众之德能而治天下之事务，谋天下之幸福，以道御之。也是大同而小异，求同而存异，求同而化异，求同而合异，和平共处，和谐共荣。在这里两年，我常常为撬开百姓的笑脸而苦逼自己，生活的感悟与伤心处皆多，诗能表达兴观群怨，或喜怒哀乐。

是同合"苟日新，日日新"的佐证。在新老支书的带领下，在帮村书记与村干部携手排除万难的努力下，大家心心相守、心心相印，这里才有可能发生日新月异的变化。记得有一天早上，我在黄家湾观景台上偶遇一对从浙江来村旅游的教师夫妻，那位女老师是四十年前离开紫云的，

学成后到了浙江台州工作，她到了我们村后，感叹道："是的，紫云是发生了变化，但高楼的增多真的不代表大发展，也不一定美，真正美的是同合，农村姓'农'，农家事、农民事才构成了最美的风景。"我这些不成样子的文字里有风景，有产业，有百姓诉求，有我的叽叽喳喳。

是我驻村后看清的世界与人生。我紧盯着"饮水安全"，因为我要我的百姓之饮水"真安全"；我挖掘过"控辍保学"的"真"字，开始，村里上报的数据是"零"，我是戴着有色眼镜的，我们要真正的"零"，对于这个少数民族占比80%的小小村落，知识改变命运是一个最大的课题；我们的任何数据都不能"做假"，我们可以在数据上排名靠后，但我们要在工作上尽心尽力；我不担心"被督察""被检查"，我把"被"当成推动我工作的动力和学习机会；我没有"怕"，因为"马行无力皆因瘦，人不风流只为贫"。庆幸啊，因为我是诗人，我用诗人的真与善诠释"美"，我没有胆怯过，当然也是委婉的，诗有诗性，诸如《面对撂荒的土地》。

还是我驻村后得到的温暖与温度加持。我没有完全总结出这期间共有多少人多少次帮助过我，但有一点是肯定的：大凡出自内心帮助和最大限度支持我在村里努力工作和学习的，大都是有情怀的文化人和诗人，诸如大文化学者白庚胜、龙超云、何力、顾久、相小青、班程农、李裴、何京、范干平、陈家昌、刘学文、郭修等，他们对我的关爱与迷津指点让我受益终身，特别是李裴先生，先后五次到过我的村，成了我的"活菩萨"。养鱼产业撑不下去了，他就带着贵州大学博士团队来到村里；哪一个环节有"难"了，他就是我的排难之"神"，让我在这里驻得开心、做得顺心。"天下贵州人"活动组委会秘书长刘学文先生还在他的"叶辛好花红书院"给我举办了诗歌分享会，高朋满座，不胜感激。还有大诗人李发模、叶延滨、李少君、王久辛、刘笑伟、刘川、安琪、郭思思、牧之、刘华、陈明等，本来我是他们的粉丝，可我驻村后，好像本末倒置了，他们反而成了"杨粉"。我是心知肚明的，不是我的作品有多么迷人，而是他们在时时给我鼓劲、给我提出修改意见，让我的作品离泥土更近，更有真实的芬芳。牧之兄的《今日兴义》居然将我的全诗进行了不定期的"连载"，《安顺日报》的陈明主任将我的大部分诗作进行了大篇幅刊用，《遵义日报》刘华主任多次约用我的这些"泥巴味浓"的诗歌，给予关照和关注。大作家叶辛、郭晓晔、张鸿、姚晓英等，他们不仅来我的村，还以他们的影响力宣传我的村，四处讲我的艰辛与付出。大书画家鲍贤伦、王力农、韦明华、杨明、卢向前、胡军等，每一个都有精彩的故事。村里的"诗画同合"是鲍贤伦先生题的字，有行家问花了多少钱，我说一分也没有花，是先生对我的关心和关爱。我一直被紫云本土最优秀的韦明华老师关心着，他不仅免费来帮我的村小师生上书法课，还先后两次为我设计 LOGO，为我的村画了四幅油画，且他画的"同合"还获得全省书画一等奖，本书的封面图也出自他的手；大摄影家贾庆祥、徐海燕、谢世鸣等是同合村的常客，笔名为"老贾哥"的贾主席待我像父亲对儿子，不仅出力，还出钱来支持我，并给我提出了诸多的建议和意见。以及我的良师益友苏进展、魏麟、黄凡、刘金鑫、梁玉林、杨德权、袁中振、刘元国、丁伟、杨宁、张智、牟明江、紫丁香、花儿、石行、李正斌、莫优等等，他们有的支持我在村里搞文化方面的活动，有的支持我为村里出版这本书。还有我的亲人、兄弟姐妹，尤其是我那年已七旬的老父亲，在我驻村后将其种了十多年、正要上市的千棵桂花树从老家的田里挖出来，找车拖到村里……

我在一个大山里得到无微不至的关心与关爱，他们一次次的有温度的加持让我倍感温暖。尽管我的文字并不美，敝帚自珍吧。

千日紫云情，三百同合诗。用人生半百（50 岁）除以在紫云的 3 年，正好除不尽，正好有余数，余数，正好生生不息。

2023 年元旦节于紫云同合村

特别鸣谢本书摄影作者（排名不分先后）：

贾庆祥、朱　华、谢世鸣、徐海燕、欧德林、王凯俊、
周晓星、乔啟明、尹　刚、郑铁牛、李正荣、张　露、
安　迪、童　娥、陈　帆、戢良珍、陈忠贵、刘云贵、
朱　进、陈声群、陈忠贵、邓小青、冯碧凤、龚世煊、
郭连军、胡京昆、黄　强、季　刚、江卫民、雷　静、
李　光、李江宏、李淑珍、李维谊、刘福林、刘　胜、
刘　燕、毛莉业、庞　云、钱萌萌、申赛球、谭　美、
沈玲莉、探索者、王兴文、韦榕鸿(新加坡)、徐　雁、
袁琴书、张清林、张瑞波、张　燕、张育昌、张宗义、
赵崇娟、小　语